AF315976

LA PRIERE

UNIVERSELLE,

Traduite de l'Anglois de Mr. POPE,

Par l'Auteur du Discours prononcé le 10 Mars à l'Académie Françoise.

..... Adeò indulgent sibi latiùs ipsi.
Juvnt. Sat. 14.

Édition conforme à celle qui a paru en 1740, sous le nom de Londres chez Paul Vaillant, in 4°.

1760.

AVERTISSEMENT.

J'Ai eu bien de la peine, *dit le Provincial de Paschal,* à trouver un Escobar, je ne sai ce qui est arrivé depuis peu qui fait que tout le monde le cherche. *La traduction de la Priere universelle de Pope, par Mr. L. F. vient d'éprouver un sort semblable à celui de l'ouvrage du Théologien Jésuite; un homme célebre a dit un mot, & la Priere du Déiste est sortie de l'obscurité où elle étoit ensévelie. Elle étoit devenue rare quoiqu'on en eût vendu fort peu, parce que l'Auteur par modestie ou pour quelque autre raison en avoit racheté un grand nombre d'exemplaires, & elle est recherchée aujourd'hui, parce que les ouvrages de Mr. L. F. ont acquis beaucoup de célébrité depuis son Discours à l'Academie.*

Nous avons donc pensé que le public recevroit avec plaisir une nouvelle Edition de cette Piece; les Notes & les critiques que nous y avons joint pouvant servir pour prémunir les fideles contre les principes de la Philosophie moderne qu'on retrouve dans cette Priere, & que Mr. L. F a si bien combattus dans son Discours, nous espérons que l'Auteur même nous saura gré de notre zele, & que les personnes religieuses trouveront dans nos remarques un grand sujet d'édification.

On nous dira peut-être qu'il seroit plus sûr pour le bien de la Religion, de ne point répandre un ouvrage libre que de l'imprimer même en le critiquant. A cela nous répondrons que si cette traduction étoit aussi belle que l'original, si elle étoit de la main de quelques uns de nos grands

AVERTISSEMENT.

Maîtres, il seroit à craindre que nos observations, quelques solides qu'elles fussent, ne tinssent pas contre les charmes de la Poësie, & que l'antidote ne fut moins puissant que le poison; mais nos Lecteurs verront aisément que l'ouvrage que nous leur présentons n'est rien moins que dangereux, & ne leur donnera pas des tentations bien fortes contre la Foi. Si pour l'ordinaire des vers ne sont pas des raisons, de mauvais vers sont encore au dessous des mauvaises raisons.

Nous ne devons pas oublier d'avertir que cet Ouvrage à sa naissance ayant scandalisé beaucoup de personnes, & sur tout un illustre Magistrat, Mr. L. F. en donna dans les Journaux des Savans en Septembre 1741 une rétractation très-ample & très-Chrétienne. Cet Auteur a montré la même docilité en d'autres occasions; par exemple en 1734 il avoit écrit que Virgile étoit un mauvais modele pour les caracteres, dans la Préface de son Édition de 1753, il dit que cette expression qu'il avoit employée est dure & ne convenoit point à son âge ni à son peu d'expérience, & il ajoute : je la retracte aujourd'hui par respect pour Virgile, en pensant toujours de même par respect pour la vérité.

LA PRIERE
UNIVERSELLE.

DEO OPTIMO, MAXIMO.

I. O Toi que la raison, que l'inftinct même adore?
  Souverain Maître & Créateur
  De tout l'Univers qui t'implore,
  Jehovah, Jupiter, Seigneur.

NOTES.

Le titre feul de cette Piece annonce l'irréligion, puifque le mot *univerfelle* fignifie que tout homme peut adreffer cette Priere à Dieu, quelque Religion qu'il profeffe. Si dès 1740. Mr. L. F. eût été lié étroitement comme il l'eft aujourd'hui avec le pieux Auteur de l'*Apologie de la St. Barthélemy*, il auroit bien compris que fi nous ne pouvons pas prier Dieu avec des Chrétiens hétérodoxes dans le même Royaume, à plus forte raifon ne pouvons-nous pas employer avec les Turcs & les Guebres la même formule de Priere.

Au refte toute cette ftrophe ne reffemble que par le dernier vers à l'original. Voici la traduction litérale : *Pere de tout, adoré dans tous les âges, dans tous les climats, par le Saint, par le Sauvage, par le Philofophe, Jehovah, Jupiter ou Dieu.*

Il n'y a point là d'*inflinct qui adore*, on n'y trouve point cette expreffion fi foible & fi commune de *l'Univers qui t'implore*. On voit combien cette prétendue traduction eft au-deffous de l'original.

PRIERE UNIVERSELLE.

II. Source, caufe premiere, Etre in intelligible,
  Que je fuis borné devant toi !
  Ta bonté feule m'eft vifible,
  Le refte eft un cahos pour moi.

NOTES.

Ce mot *inintelligible* renferme beaucoup de venin ; on dit d'une chose obscure & respectable, des Mysteres de la Religion par exemple, qu'ils sont *incompréhensibles*, mais un homme religieux ne dira point qu'ils sont *inintelligibles*. On dit avec vérité des systêmes des Athées qu'ils sont *inintelligibles*, & on les traiteroit trop favorablement en disant qu'ils sont *incompréhensibles :* même dans l'usage ordinaire, ces deux mots ne sont pas synonimes, par exemple, la hardiesse de Mr. L. F. à insulter les Gens de Lettres & l'Académie est *incompréhensible*, mais elle n'est pas *inintelligible*. Il est d'autant plus difficile d'excuser l'emploi que le Traducteur a fait ici de ce mot, qu'*incompréhensible* qui étoit le mot propre faisoit également le vers, & étoit beaucoup plus conforme à l'original *least understood*, *si peu compris*.

Dans le reste de la strophe la traduction présente encore des idées plus libres que celles de l'original.

Pope dit : *ô Dieu qui as borné toute mon intelligence à savoir que tu es bon, & que je suis aveugle.* Et Mr. L. F. lui fait dire,

> Ta bonté seule m'est visible,
> Le reste est un cahos pour moi.

Ce mot de *reste* est fort indécent. Ce reste renferme beaucoup de choses respectables que le Traducteur traite bien légérement, c'est toute l'œconomie de la Religion, toutes les vérités qu'elle enseigne aux hommes qui seroient ce cahos au dire du Traducteur. Car comme on le voit, Pope ne dit rien de semblable.

PRIERE UNIVERSELLE.

III. Mais le bien & le mal dans cette nuit obscure,
    Dépendent de ma volonté,
    Et tu gouvernes la Nature,
    Sans enchaîner ma liberté.
IV. N'écoutons seulement que notre conscience,
    Elle nous rend le bien plus cher *
    Que le Ciel qui le récompense,
    Le mal plus affreux que l'Enfer.

* Note du Traducteur.

C'est le sens presque littéral de l'Anglois. Mais n'est-ce point exiger trop de perfection dans les sentiments de l'homme ? Le Traducteur avoit cru d'abord pouvoir modifier ainsi cette pensée :

Ma conscience est libre & ce guide sévere
    Ne régle pas mes sentimens ;
    Par le défir seul du salaire,
    Ni par la crainte des tourmens.

Les personnes éclairées & particuliérement les Anglois qu'on a consultés sur cet ouvrage, ont donné la préférence à la traduction exacte.

NOTES.

Toute critique littéraire seroit superflue sur des vers qui sont fort au-dessous du médiocre,

    N'écoutons *seulement* que notre conscience,
    Que le Ciel qui le récompense.

Cette derniere expression est impropre & équivoque. Le Ciel qui récompense le bien, signifie plutôt le Ciel rénumérateur du bien, que le Ciel qui est la récompense des bonnes actions. Or c'est ce dernier sens qui est celui de Pope.

PRIERE UNIVERSELLE.

V. Empêche que mon cœur de tes dons efficaces
    Ne rejette les heureux fruits ;
    Recevoir c'est payer tes graces,
    Je t'obéis quand je jouis.

NOTES.

Il n'y a aucune espece de Religion qui ait cru que recevoir les graces de Dieu, c'est les payer. Toutes ont établi un culte extérieur pour être l'expression de la reconnoissance envers l'Être suprême. Au reste, en retractant cette maxime qui est une des plus libres de la Priere universelle, il paroît que Mr. L. F. s'étoit reservé le droit de se conduire vis-à-vis de l'Académie Françoise, comme le Déiste de Pope envers Dieu. S'il n'a point fait de remerciment, c'est qu'il a cru sans doute qu'en recevant la grace que lui faisoit l'Académie, il l'avoit payée. Mr. L. F. tient encore un peu aux erreurs de sa jeunesse.

PRIERE UNIVERSELLE.

VI. Mais cessons de penser qu'imperceptible atôme
  Notre Terre borne ta Loi;
  N'es-tu Souverain que de l'homme?
  Tant d'autres Mondes sont à toi,

NOTES.

Mais cessons de penser, ces mots sembleroient indiquer que l'Auteur a dit précédemment quelque chose dont il va se retracter, mais ils ne sont là que comme beaucoup d'autres dans cette piece que pour tenir lieu d'un certain nombre de syllabes; quand un Poëte médiocre a besoin de ces sortes de chevilles, il devroit du moins tâcher qu'elles ne fussent qu'inutiles, & qu'elles ne fissent pas un sens faux. Je ne parle pas de la rime *d'atôme* avec *homme*, mais le Traducteur prête encore ici à son original une impiété que Pope n'a pas eu dans l'esprit.

Pope ne parle point de la *Loi*, mais de la *bonté* de Dieu qu'il dit n'être pas bornée à la terre, littéralement, *que je ne resserre pas ta* bonté dans les bornes étroites de ce globe. *Que je ne te croye pas le Dieu de l'homme seul, tandis que mille mondes m'environnent :* Le Traducteur lui fait dire *que la terre ne borne pas la Loi de Dieu.* Or, comme la Religion Chrétienne n'est certainement faite que pour notre globe ; si l'on ne doit pas penser *que notre terre borne la Loi de Dieu,* on en peut conclure que la Religion Chrétienne n'est pas la Loi de Dieu. Il n'y a d'autre moyen d'excuser Mr. L. F. que de dire qu'il a mis *Loi* à la place de *bonté,* parce que *bonté* ne rime pas avec *toi,* mais c'est là justifier la Religion du Traducteur aux dépens de ses talens pour la Poésie , & quelque réconciliation qui se soit faite entre son esprit & sa dévotion , on peut craindre que l'apologie ne soit pas de son goût.

PRIERE UNIVERSELLE.

VII. Faut-il qu'un vil mortel ose venger Dieu même ,
    Que tes foudres lui soient remis,
    Et qu'il prononce l'anathême
    Sur ceux qu'il croit tes ennemis.

NOTES.

Nous ne pouvons rien ajouter à la remarque de Mr. de Silhouette sur cet endroit, dans les mélanges de littérature que nous avons de lui; il a fait voir que le Traducteur a envenimé la pensée de l'Auteur Anglois : que dans l'original c'est de lui-même que le Déiste parle , en disant que sa main ne doit pas présumer de lancer la foudre , au lieu que dans la traduction le Déiste s'élève en général contre ceux qui prétendent prononcer l'anathême sur d'autres hommes , ce qui indiquant manifestement les Ministres de la Religion , devient hardi & scandaleux. Nous renvoyons nos Lecteurs à l'ouvrage même que nous citons, pour ne pas répéter inutilement ce qu'on peut trouver ailleurs.

PRIERE UNIVERSELLE.

VIII. Si je marche avec toi, fais moi la grace entiere
 De te suivre jusqu'à la fin;
 Si je m'égare, ta lumiere
 Doit me conduire au bon chemin.
IX. Quelques biens qu'à mon cœur ta sagesse dénie,
 Ou que m'accorde ta bonté,
 Sauve-moi du murmure impie
 Et de la folle vanité.

NOTES.

Ce ne sont pas là des vers, ce n'est pas là l'élégance, l'harmonie, les images, la sublimité de Pope. C'est un Ecolier qui se traîne languissamment sur la trace d'un grand homme & qui bronche à chaque pas, qui lutte sans cesse contre les difficultés & qui ne les surmonte pas, qui croit avoir fait des vers lorsqu'il a compassé laborieusement un certain nombre de syllabes, & placé quelques rimes à leur suite. *Sauve-moi du murmure impie* signifie en françois, *ne permets pas que je sois l'objet du murmure*, au lieu que Pope a dit & son Traducteur a voulu dire : *ne permets pas que je murmure*. Au reste ces deux strophes sont très-religieuses. C'est une Priere qui sied dans la bouche d'un Chrétien même. Mr. L. F. lui-même avoit plus de raison qu'un autre, de demander cette grace à Dieu. *Sauvez-moi*, devoit-il dire, *de la folle vanité*, car c'est un grand péché & un grand ridicule.

PRIERE UNIVERSELLE.

X. Fais que de mon prochain je plaigne les souffrances,
 Toujours lent à le condamner ;
 Et pardonne-moi mes offenses,
 Pour mieux m'apprendre à pardonner.

11

Cette ſtrophe ne renferme comme les précé-
dentes que des ſentimens pieux & humains, &
nous pouvons dire des inſtructions que Mr. L. F.
à bien perdue de vue. A entendre les anathêmes
qu'il prononce & les accuſations qu'il intente dans
ſon Diſcours à beaucoup de perſonnes, on ſeroit
tenté de croire qu'il a regardé comme une des
propoſitions irréligieuſes de Pope cette belle maxime, qu'*il faut être lent à comdamner*; il devoit
cependant penſer que c'eſt un précepte de l'Evan-
gile : ne jugez point, & vous ne ſerez point jugé,
ne condamnez point & vous ne ſerez point con-
damné. Luc. ch. 6. x. 33.

P R I E R E U N I V E R S E L L E.

XI. Tout retrace aux mortels le néant de leur être;
  Mais ils ſont l'œuvre de tes mains:
  Sois leur guide autant que leur maître,
  Juſqu'au terme de leurs deſtins,

N O T E S.

Tout retrace aux mortels le néant de leur être.
Rien n'eſt ſi vrai que cette maxime. Au milieu
des richeſſes, de la réputation, de la faveur, ce
néant ſe fait ſentir. Un homme qui ſe croyoit heu-
reux peut voir en un inſtant une fauſſe démarche
& le concours de quelques circonſtances troubler
tout le bonheur de ſa vie. Un homme qui jouiſſoit
de quelque conſidération peut la voir s'éclipſer en
un jour; alors ſeulement on rentre en ſoi-même,
on reconnoît ſon néant & on s'écrie, *vanités des
vanités.* Nos Lecteurs nous pardonneront cette
petite digreſſion morale. Revenons à Mr. L. F.

P R I E R E U N I V E R S E L L E.

XII. Que le pain, que la paix ſoit ici mon partage,
  J'attends que ton auguſte choix
  Des autres biens fixe l'uſage;
  Tes volontés ſeront mes Loix,

NOTES.

Que le pain & la paix, dit Pope, *soient mon partages; quant à tout autre bien, tu fais s'il vaut mieux me l'accorder ou me le refuser*, que ta volonté soit faite, on n'exprime pas cette pensée en François, en disant à Dieu, *des autres biens fixe l'usage.*

PRIERE UNIVERSELLE.

XIII. Ton Temple est en tous lieux, tu remplis la Nature,
Tout l'Univers est ton Autel;
Rien ne vit, n'existe, ne dure,
Qui ne t'offre un culte éternel.

NOTES.

Cette derniere strophe qui est une des plus sublimes de l'original, est une de celles que le Traducteur a le plus misérablement défigurée. La traduction littérale suffit pour faire sentir la platitude & l'infidélité de celle de Mr. L. F. *L'immensité*, dit Pope, *est ton Temple, la Terre, la Mer & les Cieux font ton Autel, que tous les êtres forment un chœur de louanges à ta gloire & que de toutes les parties de la nature l'encens s'éleve vers toi.*

Ici l'Auteur a encore rendu son original irréligieux sans nécessité. Pope dit que l'*immensité est le Temple de Dieu*, idée grande & sublime qui n'a rien d'opposé à la Religion, & le Traducteur avec l'expression *en tous lieux* rabaisse la pensée des Lecteurs à la terre, & leur donne à entendre que les Temples construits par la main des hommes ne font pas meilleurs pour honorer Dieu les uns que les autres, ni les Eglises que les autres *lieux.* On peut croire même que depuis sa conversion il a conservé encore quelque attachement à cette erreur; car il faut bien qu'il ait cru que le

Temple de Dieu eſt par tout & qu'il ait regardé l'Académie comme une Egliſe, puiſqu'il y a fait un ſi grand Sermon.

Comme tout le monde n'a pas entre les mains le Journal des Savans où ſe trouve la rétractation de Mr. L. F. dont il eſt fait mention ci-deſſus dans l'Avertiſſement, nous croyons que nos Lecteurs ſeront bien aiſes de trouver ici un petit extrait de cette Piéce, que nous accompagnerons de quelques réflexions. Voici en peu de mots l'apologie de Mr. L. F.

1°. Il avoit traduit la Priere du Déiſte parce *que certains Anglois avec leſquels il étoit dans une aſſez étroite liaiſon l'en avoient défié.*

2°. *Emporté par la chaleur du travail, il ne jugea de ſang froid de ſa traduction que long-temps après qu'elle fut faite.*

3°. *Il eut l'imprudence de livrer ſa traduction à ces Anglois.*

4°. Lorſqu'il reprit le ſang froid que la chaleur de la traduction lui avoit ôté, & qu'il jugea que ſon ouvrage pouvoit être *ſcandaleux*, il voulut retirer la copie.

5°. *Il n'étoit plus temps, les Anglois avec qui il étoit étroitement lié étoient déja retournés à Londres, ſans qu'il en eût rien ſû.*

6°. Il leur écrivit *pour les conjurer de ne la point divulguer.*

7°. *Ils le lui promirent.*

8°. *Alors il oublia totalement la Priere & la traduction; mais un Imprimeur Anglois n'y penſa que trop pour lui.*

A toute cette Hiſtoire Mr. L. F. ajoûte que *ce ſeroit le lieu de réfuter les propoſitions condamnables de la Priere univerſelle, mais que ce qui eſt viſible n'a pas beſoin d'être démontré; qu'il les*

défavoue, quoiqu'elles ne soient pas de lui, &
qu'il les rétracteroit, s'il avoit eu le malheur de
les penser un seul instant ; qu'elles sont sans doute
échappées par enthousiasme à Mr. Pope, si re-
commendable par ses talens & qui a le courage
de professer la Religion Catholique au milieu de
Londres ; que les paradoxes insensés & les systè-
mes inconséquens d'une malheureuse Philosophie
deshonorent les talens devant les hommes, & les
rendent criminels devant Dieu . . . que la Poésie
ne doit point être le langage de l'irréligion ; que
si elle a rempli ses loisirs, il a du moins l'avan-
tage assez rare de ne l'avoir jamais avilie par rien
de contraire aux bonnes mœurs &c. & qu'il est
avec respect, &c.

Nous nous permettrons ici quelques réflexions.

1°. Il paroit que le défi de ces Anglois étoit
de leur part un piége tendu pour surprendre la
religion de Mr. L. F. & nous nous étonnons moins
de la haine que l'Auteur du Discours temoigne
contre les Philosophes Anglois, après en avoir
éprouvé une aussi noire trahison. Nous conjectu-
rons qu'on l'aura aussi défié de faire un Discours
malhonnête à l'Académie & nous l'exhortons à
ne pas accepter désormais de semblables défis.

2°. Mr. L. F. emporté par la chaleur du travail n'avoit pas senti le venin de la Priere de Pope
dans une traduction longue & laborieuse, il n'a
entendu l'original & sa traduction que quelque
temps après l'avoir faite ; cet Ecrivain doit être
un volcan lorsqu'il compose de tête, puisqu'il est
si chaud lorsqu'il traduit. Ceci peut faire com-
prendre comment il a mis tant d'emportement
dans un Discours qu'il a fait attendre pendant
plus de six mois à l'Académie. Si jamais il est reçu
dans quelque Société Littéraire, on lui conseille

d'achever son Discours trois ou quatre ans avant sa réception ; dans cet intervalle il profitera des momens de sang froid qu'il a quelquefois, pour retrancher de sa Harangue les choses qui pourroient être insultantes pour ses confreres & révoltantes pour le public.

3°. Mr. L. F. avoit là d'étranges amis, ils lui promettent que la traduction ne paroîtra pas, & ils la confient à un Imprimeur ; c'est sans doute ce qui lui fait dire que les Anglois n'ont point *la Philosophie naturelle du droit des gens*, & il faut convenir que si Mr. L. F. n'a jamais souffert des violences & des injustices de leurs gens de guerre : il a bien à se plaindre de leurs Philosophes & sur tout de la perfidie de leurs Imprimeurs.

4°. Il nous paroit que Mr. L. F. juge Pope bien favorablement, lorsqu'il dit que les propositions condamnables de la Priere universelle lui sont échappées dans l'enthousiasme. Mais pourquoi l'enthousiasme qui excuse Pope & son Traducteur ne pourroit-il pas excuser aussi quelques-uns de ceux que Mr. L. F. traite si durement dans son Discours ? Croit-il être le seul en France qui soit emporté par la chaleur du moment, & à qui l'on puisse pardonner les fougues de l'esprit & du génie ? il y a peu d'ouvrages brûlables qui ne soient plus chauds que la traduction de la Priere universelle.

5°. Mr. L. F. loue Pope du courage qu'il a eu de professer la Religion Catholique au milieu de Londres, sur quoi nous ferons ce raisonnement : ou l'Auteur de la Priere universelle étoit aux yeux de Mr. L. F. un Catholique bien convaincu, ou il le regardoit comme un homme pensant librement, laissant appercevoir son irréligion dans les écrits & rempliſſant cependant les dévoirs extérieurs de la Réligion.

Dans le premier cas, on eſt en droit d'exiger de Mr. L. F qu'il ne juge pas plus rigoureuſe- ment ceux des *Philoſophes modernes* qui n'ont rien écrit de plus libre que l'Eſſai ſur l'homme & la Priere univerſelle.

Dans le ſecond cas, on lui repréſentera qu'en louant Pope incrédule & rempliſſant quelques dé- voirs extérieurs de la Religion, il fait penſer que c'eſt un zele joué qui lui fait decrier avec tant de violence ceux qu'il accuſe en France de la mê- me diſſimulation, puiſqu'aux yeux d'un homme vraiment religieux cette diſſimulation eſt auſſi criminelle en Angleterre qu'en France.

6°. Quoique nous regardions comme ſuffiſante la juſtification de Mr. L F. contre le reproche d'irréligion qui lui a été intenté à l'occaſion de la Priere univerſelle, nous ne pouvons pas oublier de faire remarquer à nos Lecteurs qu'on n'y trou- ve pas les mots déciſifs de Religion révélée & de révélation que l'Auteur du Diſcours donne com- me la marque diſtinctive des juſtifications non équivoques en cette matiere; mais on traiteroit trop ſévérement Mr. L. F. ſi on le jugeoit d'après ſes propres maximes.

CONCLUSION.

Il ſuit de tout ce qu'on vient de lire que l'Au- teur du Diſcours prononcé à l'Académie Fran- çoiſe le 10 Mars 1760 avoit traduit & envenimé en 1740 la **Priere du Déiſte** compoſée par Pope. C. Q. F. D.